봄을 초대하다

김점해 현대시조집

봄을 초대하다

김정해 현대시조집

고요아침

시
인
의
말
—

꼬리가 열 두자인 Covid-19는 얼룽덜룽 심통이라
그 블랙홀에 빠져 세상을 읽을 수 없는 요즘이다
입 코는 반드시 막아야 돼!
가족도 이웃도 다섯 명 이상 모이면 안 돼! 그래도 변이
돼 나타난다니 과연 둔갑의 명수다. 전 세계가 전전긍긍 사
랑하는 사람도 멀리해야하는 참 아이러니다

그러나 여기, 혹독한 세한을 이기고 우주적 기운을 동원
하는 자연의 물밑 2021년의 조용한 역동, 묵시록默視錄을
조심조심 펼친다

긴 겨울 고샅길에 잠 없는 야발쟁이들 삐죽이 내민 고놈
봉창을 뚫었구나 무반주 합주곡에도 노란 미소 경이롭다
통굽을 곧추세워 햇살을 따서 먹다 오물오물 새김질에
두 볼엔 볼록 사탕 아 열꽃, 이 저에 툭 톡 연둣빛 웃음이
피다.

2021년 3월
양덕산방에서 운향 김정해

제2부 우리는 아리랑에 산다

제3부 숨쉬는 서사를 보다

제4부 시간의 뿌리를 밟다

매

시절을

노래하다

그가 돌아오다
– 서설

오, 그가 돌아 왔어 새벽녘 살짝 은밀히
문 앞에서 날 기다리다 눈물이 그렁그렁
순연한 이지적 눈매 맑은 영혼 그대로

무참히 등보이던 날 이유를 알기 전에 그대가 떠나
왔다던 푸른 물 바람 속으로 무사히 당도하기를 기도
한 보람 있네요 눈뜨자 초하룻날 위로가 된 사랑이여
만남이 그리움이듯 떠남을 지레 수심 돼 다시는 실연
의 잔을 들고 싶지 않아요

봄 오면 모종 심고 텃밭에 꽃도 보고
몸 섞어 어울 뒤울 따뜻이 살고 싶어요
내 사랑 하도 뜨거워
눈물어린 내 우수

꽃다지 분이

그리움이 눈부셔
배시시 든 눈까풀
슬쩍 인 동풍에도 숨 모아 털 세우다
상처가 새순으로 나 생명의 시가 된 날

생사를 넘나 든 얘기 듣자니 애틋하다
얼음장 깬 그 뼈대로 천리나 걸어왔다니
정월에 태어난 분이 기특하고 찡하다

요요한 분단장에 뜨겁게 편 촉수로
어린 네 몸맨두리는 연두향으로 치장했구나
오호라 코딱지꽃 너 참 봄맛을 당기네

2월과 3월

강철 벽 얼음장을
바람이 비벼대자
아 눈물 봉긋한 그 욕망의 불일지라
2월에 사흘을 슬쩍 도적맞은 속울음

어여쁜 삼월이를
속히 보러 온 회춘 아리랑
꽃시샘 아지랑이 양염에 춤추는 봄
연초록 품에 엎어져 3월 끝에 붙였나

어머니의 삼월

햇살이 내 심장을
살살 끓여 데우는 날
어영차, 언 땅 뚫은 새순 고 힘 부치나
툭 치는 바람에 눈이 휘둥그레 새치름타

당신의 삶을 품은 텃밭이 팔 남매라
열두 가지 모종 끼고 밭이랑을 돋우시다
샛바람 불어 그을린 볼때기가 발그레

마음은 이미 앞서 아삭아삭 둥실한 열매
흙 덮인 그 손으로 머리칼을 후무리다
오, 천근 엉덩이 들어 올리시던 내 어머니

아지랑이 나울거리며 이는 그리움이여
오늘 그대 속울음의 채소를 씹어대며
앞서 산 어무이처럼 그 세월을 먹습니다

사흘이 백날이듯

환생하는 꽃나비가
살금살금 운을 뜰 때
혼 줄을 쥐락펴락 심술보 바람에도
행간을 다독여 피운 하얀 불씨 살갑다

화염이 숙명이듯 삼일 날밤 지새우며
어둠 다 사위도록 천공을 흔든 사랑
앞날을 예감 못한 채 지독하게 생을 폈다

눈뜨자
시공엔 얼룩
마법의 쓴 입맞춤
빛바랜 그대 뒷모습 상념에 손 흔들다
아 눈물 배인 장삼은 만장 되어 펄럭이다

휘파람새 아침

송신탑에 해를 걸어
그로 밝아 동 트는 아침

휘파람새 오르락내리락 도레미 풍경이 서다
불심지 지펴 든 꽁지 박수소리 낭랑하다

허랑한 화분에 선
눈 작은 연두 손님
그대의 다순 입김 향기를 피우네요
호, 선물
경이로운 그
찬란하게 일어라

봄날 두 얼굴

톡 솟던 풀의 혀도 날사이 초록빛이다
볕 좋던 사월 오후 벗들은 너울너울
화가의 백세 모친이
먼 길 떠신 소식이다

사시절 웃는 꽃은 없는 가 바람 든 생
에돌아 찾은 장장葬場은 천국의 마당인가
일찍 핀 생의 화단을
장식하는 언저리

눈시울 그렁그렁 만시사輓詩詞로 객을 맞고
집 나 선 망자에게 조객弔客이 만찬을 받다
한 쪽은 읍소를 하고 다른 쪽은 먹고 마시다

두고 갈 이정표가
검붉게 물들었다
저어 편 누구들에 희망일 붉은 노을
하루치 손을 턴 오후 으스름 중에 든 우리

하얀 딸기꽃

겨울강 험한 외길
살을 에는 삭풍에도
북으로 간 임 오실 날 못내 하며 기다리다
지핀 불 볕씨 앗 따가 새하얗게 피었다

너 품은 푸른말씀
새별로 태어나서
비린 몸 뽀얀 얼굴 참꽃 그녀의 시어

오, 변신
빨간 수줍음
탱글탱글 볼 붉다

감꽃 목걸이

오월 볕 곱씹어 낸
샛노란 시가 호호
꿈 다져 붉게 웃을 그네 타는 동갑네기
부드레 맑은 동안童顔이 희망이듯 환하다

까칠한 텁텁이로
등 돌린 유성 하나
친구 그
초록 씨알을
채워주기 위해 눕는 꽃

순이가
엮어 기운 거
꽃불로 나 환하길

나비, 날빛

가없는 산자락을
부채질 부채질하다

우무모양 아메바가
봄 물살 파도 타다
꽃 비단 곱게 꿰매고 창공을 유유히 난다

행간을 떠도는 우수
일획 일필의 무늬
꽃물 든 생체기에 횡선으로 금을 긋고
내밀한 점을 찍으며 후끈한 불춤을 춘다

봄 빛살을 싣다

고단한 발을 벗는
역사 앞 구두 수선집
찬송가로 가득 채운 반 평 부스 백만장자
젊어 본 반백의 노인 입술을 꾹 다문 그

그만의 어언이라
툭 탁 쓱 싹이 전부다
긴 여정 돌고 돌다 자리한 자신처럼
아무의 세상사가 밴 그 얼굴과 얘기하지

새 삶을 일궈주듯
기운 굽 바로 세워
서리서리 허접한 생 구김도 펴고 닦아
이렇게 연 신바람 빛 떳떳하다 환하다

사월에 든 우리

– 불곡산[1]

세상이 수런수런
저 하늘 이런 분홍

이별 뒤 낮은 데로 더디게 또 더디게
에돌던 그 슬픔에서
되살아난 꽃 불 시

순이가 순풍훈풍淳風薰風
바람 나 왔네 솟네!

기쁨의 숨결이던 자궁은 타 올랐어
아리랑 아랑이 양염[2] 우러르는 은하수

*불곡산[1] : 양주시에 있는 산, 진달래나무가 널리 산재 돼 있다.
*양염陽炎[2] : 아지랑이.

순이네 이팝나무

한 해를 뜸들인 속내
뜬눈으로 지샜구나
길길이 뿜어 대는 동력으로 환한 오늘
펑 소리 귀 막던 이쯤 아이들은 다 어디

오뉴월 보릿고개 먹어 둬야 힘쓴다지만
죽으로 삼년이면 논 산다던 그 아부지
콩 보리 불려 죽 쑤며 한숨이 반인 그 어매

꽃시절에 고픈 아이
오매야 뻥 튀밥 봐
쌀나무 언덕바지 나물캐던 순이의 서사
빛살이 소보록하다 참살이로 부푼 오월

붉은 연서

더 없는 사랑을 위해
태어난 꽃들이어

열망의 순례이던 바다의 환생이라
우주가 품어 배설한 붉은 연서 그 빛으로

자궁 밖에 선 장미어
고요의 숲 포문을 열고
벌 나비 초대해 놓고 꽃숲에 향낭을 걸었구나

지상의 향연饗宴보다 더
붉다 넓다 우리가

오월 즈음

팔남매에 풍덩 빠진 엄마는 사공이다
허공을 뚫는 힘은 소금같이 짠 그 열정
온 종일 물질만했다 야성의 노 자락으로

오월은 푸르디푸른 피붙이가 끄는 힘이다
바다가 노을에 눕자 날물에 깡마른 그

저녁 답
뭍에 얹힌 배
넋을 잃고 덩그렇다

봄 굽이 언저리엔 다시 연 생의 자락
돌아 온 어머니가 돋우어 배설한다
이 강산 호령 좀 보소 온 천하를 다 잡네

꽃무릇

무릇 꽃이란 절대고독
그로 앓는 혼의 시다

정제된 막을 기워 풀 이슬 머금은 꽃
낮의 숲 밤의 야행성 몸을 태운 서사시

산 넘고 물도 건너
그녀가 막 도착하자
봄날 내내 기다리다 스러졌다는 그늘 자리
전생前生에 푸른 생이던 발자국은 그 어디

더버기 다북쑥 속 안부의 목마름에
풀무질로 지핀 혼불 검붉게 차오르다

그립다
한 다발 연가
비장하다 빨갛다

잡초의 꿈

엄마의 할머니로
이어 온 피멍 든 세월

길 위에 앉았어도 대를 이어 꿈을 폈다

짓밟혀
더 질긴 심줄
누구 낫이 두려울까

홍백이 갈린 세상 눈 딱 감고 풀만 되자
새 날고 나비오면
따습게 살 나누며

늘 바람
말자 씨의 꿈
38사선은 지키자

백자 달 항아리

두 자락 산이 엉겨
뒹굴던 사랑이여
아리랑 아우라지 구절리를 다 태우고
유백색 진신사리로 불꽃 품어 태어나다

그 속내
이어놓은
달 내린 훤한 집 한 채
하늘 땅 바람 그리고 허공이 휘어졌네
두둥실
높이 떠 오른
저 가뭇한 이승의 묵언

분꽃일기

유월에 이웃에서 들여 온 모종 하나
밤이슬에 입 축이다 한낮이면 풀이 죽는
더버기 숲 그늘 틈 새 살아 피운 그의 삶

"다리 밑서 주워왔다고? 되갈까 그래 그래도."
별밤이면 쫑쫑거리 도르던 꼬맹이 소녀
유년기 삐침 일기가 괴어있는 새빨간 거

분이 그 구월 저녁답 연지곤지 어화 등 등
낮이면 입 다문 고 수줍던 겁쟁이가

긴 목을
챈 깜장 말은
사랑을 밴 씨 한 톨

3부

우리는 아리랑에 산다

야매

실實이라는
화두를 안은
삼월 초 으스름 밤
야매¹는 지층에서 분분히 진설낭설하다
그르다 아니라네요 된바람에 나부낀다

생활들이 드나드는
11번² 출구 앞 화단
바람의 간섭을 더한 소음과 진동에서
빌딩 숲 은유를 선禪하며 군자로 서 있더니

침잠에서 눈 뜨자 숨비소리 내 뿜으며
순리는 이런 것이다 어둠을 트는 매화梅花

아무든 순실純實에게는 눈 맞추며 환히 웃지

*야매¹野昧 : 촌스럽고 어리석은 백성.
*11번² : 종각역 11번 출구를 나오면 매화나무가 있다.

봄을 접하다
– '박수근[1]의 빨래터'

회백색 뜬소문에
동구洞口가 수런대지만
되살아 날 촉수에 시샘 인 아침나절
연두 움 가슴 조이며 모여 앉은 여울 가

요 녀석 야살스런 무르팍 좀 봐 헐겁네
운동장 뜀박질 씨름 가득한 응원소리
아낙이 박한 옷 와락
뜨겁게도 내 틀자

배시시 연 허리춤을 다슨 볕이 문지른다
알롱이 봄바람에 말랑한 연두웃음들
지켜 본 사내아이가 그 가슴을 새기다

햇살이 물질하다
그려내는 금빛파장에
가슴을 다 헤집어 허물을 헹궈내는 여인
환하게 웃을 살갗에 운韻을 돋우는 시냇가

*박수근¹ : 화가, 1914년 2월 21일(강원 양구군) ~ 1965년 5월 6
일. 작풍은 회백색을 주로 하여 그 모델은 대부분 아내와 가족,
고향의 자연들임.

번지점프를 하다
– 어느 봄날의 기록

불꽃을 쥔 남자들
지구로 투신한다
서성이던 여자들은 서둘러 문을 열고
지난 봄 쌓인 정염에 일제히 환호한다

동여맨 몸맨두리
옷 한 겹씩 벗겨내
캄캄하고 먼 곳까지 스며드는 뜨거운 손길
한 가슴 북받치는 정 오르가즘에 젖는다

떨리는 다색 이불 붉은 물 얼비칠 때
불씨 하나 미소되어 사방으로 어룽지고
해종일 다져진 무늬 다슨 바람이 보듬는다

노을빛 끌어안고
두둥실 사물놀이
꽃잎을 입에 물고 춤추며 비상할 때
지구는 풀잎 속으로 흔들리며 스러진다

꽃 한 송이가 사는 의미

두둥실
부푼 심장
날 품어 사는 야화
맨발로 걸어 나 와 명주 천을 펼치시는
내 사랑 그의 걸음이 영혼이 산 빛이라

사시절 얼키설키 난무한 바다에도
그 오직 외길로만 차분히 쌓는 걸음
예의와 은은함으로
푯대 삼을 저 묵언

조금씩 비워 내야
베풀 수 있다는 말
늘렸다 또 줄여야 산다는 달의 정영
이치와 정석이라며 숙의로 사는 내 연인

먼 길 가는 중

해 짧다 어서가자 앞산 그늘 내릴라
어쩌냐 혼돈에 떨 어둠살 깊어지면
오, 제발
재촉 싫어요
뿌리치다 잡는 손

앙탈하는
누렁이 물고

순식간 새가 지나가다

갑 돌이 을 순이가
뻥 뚫린 멍한 가슴

그리 후
울음 자욱이

동풍 일어 말갈 길

안개 자욱한 날의 일기
– 천경자의 『뱀』

초행길 미술관은 몇 굽이굽이 지고
그녀와 함께 사는 뱀을 만나러 갔다
거리는
후줄근했고
안개 또한 자욱했다

휘장 드리운 안방에서 여인 홀로 몸을 풀고

빨간 혀 날름대는 뱀을 낳았는데

뜨겁게 살아 숨 쉬는 섬뜩한 꽃밭이었다

세 마리 그 꽃뱀은
화관을 밀어내고
전신을 휘감은 혼 불의 화신 절로 되어
사래 긴 똬리를 틀고 짙은 향낭香囊을 머금었다

하얀 강에 일렁이는 꽃바람 문신이여
돌팔매질 빗발치던 지난밤을 뒤로 접고
와우 와 머리 흔들며 오늘 다시 태어나다

시월이 익다

혼신으로 난장 치며
변신 요부 색채파 그

격한 그녀 속엣 것을 은밀히 배설할 때
세간의 모든 가슴이 멀미 앓아 와우 와

시월이 깊게 익어 알록달록 별곡이네
구름은 뭉그대다 되작이다 흩어지고

도봉산
그의 머플러
붉은색에 물들다

한옥, 곡선을 말하다

하늘 귀에
걸터앉은
아슬아슬한 저 지붕 좀 봐

내려다 볼 마음자리
구부러져야 온전한가

천릿길 내딛기 전에 숨 모우는 버선코

꽃이던 달과 별을
멍멍한 피붙이를
정갈한 가슴 열어 헤아려 아우르다

맞대어 키우는 사랑
지켜보는 어머니 품

태풍이

하늘자락
닿는 곳에
질푸른 깃발 꽂아
두리둥실 세상을 밝히던 환한 박통
가을이 채 익기 전에 날선 음모 허랑타

때 아닌 모진 바람에 넝쿨 채 뽑혀졌다
순리 앞서 방자하게 소제만 하는 사람들
쓰레질 그의 폭거로 처리실로 옮기다

생 다 하기 전 우주를 또 다른 고 우주가
되살아 필 기약 없이 씨 말려 득세 치니
기억 밖
저녁쯤인데
그 불씨는 어디에

무게라는 것

생이란
갖춤에서
기본을 한다는 것
황산벌 사내 관창은 전진만이 임무였다
장렬히 죽어 산 영웅 그 자체가 삶이라

한철을 웃다 우는
장미의 가슴앓이
홀연 무소불위의 무서리를 맞는다 해도
대지에 기대 눕는 날 그 유서도 아름답다

휘고 핀 생 다듬다 눈물의 혼 펴고 널다
바탕은 조화롭게 좌우는 늘 중심력

미쁘다
오 그곳까지
익혀가는 우리다

단추

마주 한
그 얼굴이
가없는 강이 되어
햇살 물고 돌아드는 그 눈동자 젖어 살다
기대 선 긴 밤 모서리 이별 연습 한창이다

물결이 스며오듯
실눈 뜨고 지새지만
너로 인해 말문 트고 비로소 시를 읽었다

여울진 갈피갈피에 해가 뜨고 별도 이는

십이월에 피는 시어

우리가 걸어 쌓는
역사의 회랑에는
짙푸른 웃음에서 유쾌한 꽃불들이
상기된 시절의 변주 이렁저렁 붉은 숲

삶들이 피고 눕는 언어가 무성한 곳
뼈 시린 만 말들로 바람 돼 숨 모우다
저리로 검은 북향 길 어둠속을 헤매다

곤죽의 허룩함도 소중한 너의 바다
노 젓던 늪 언저리 납월臘月의 급류타고
신 새벽 닿는 그곳에 뜨거운 생 일어라

연이의 자리

물숲은 모든 언어를
보듬는 만평 바다
깨금발 서너 걸음 푸르데 한 조막손이
속다쳐 얼룩 지우고 비린 물에서 내솟다

너의 몸에 비 조르르 얹히니 귀 참 맑다
감당할 무게만큼 채우다 비워 내는
오 너의 지혜는 결코 작지 않은 큼이라

만인의 연인으로
봉긋이 내민 자태
빼어난 붉은 마법 양각 되어 오롯하니
미소의 품은 넓고 커 환하다 장엄하다

해를 먹고 달을 마시며
창창히 자란 연이
번뇌의 끈 놓아도 적멸은 아니라며
해질녘 고개 숙인 너 그 뜻 차마 숙연하다

가지를 따며

두툼한 여름 햇살 먹고 연 가지를 딴다

자색紫色은 정의에다 존엄의 상징이라네
이 쯤 와 미백효과에
황산화물질 창고라네

그 속내
길상이라는
관념을 달고 살아
액자 속 책거리에 오롯이 다시 서네
그 만한 내유외강이 놀라워라 저 과묵

날 샌 4시

가없는 검은 바다 북으로 가던 거룻배
사공이 실신하여 기우뚱 모로 젓다
여명의 입맞춤으로 접신에 든 숙연함

밝음이 어둠 닦아
아름다이 안을 구월
마법에 든 푸른 강을 올려보다 오 상큼타

걷다가
봉창 뚫을 일
생겼으면 좋겠다

물의 철학

승천한 순례길에
낄끼리 만난 복병
끙끙 앓던 하늘마법 직수로 풀어내며
층층 먼 막막함까지 숨 찬 대지 적시다

과하지 않은 천성 베푸는 물의 지혜
강끼리 얼싸 안은 그 힘은 아래 아래로
처 철 철 결절된 성대
설파하는 물의 노래

삶2

어깨가 한쪽으로
기우는 걸 알았다

그 원인 시험 삼아
뒷산에 오르려다
산만한 내 무게인가
힘 부치고 누되다

모든 것 수용하며 긁혀서도 의연한 산
내 짐을 이렁저렁 부려 놓으려 했더니

내 등도
산이라 하며
착 달라붙어 따라왔다

계룡갑사

오 누가 불을 지펴
층층 구곡[1] 다 태우나
오르고 닿는 곳 마다 열반제가 한창이네
천지가 한통속이라 자욱하니 검붉다

세간은 참 얄궂다 울음을 웃음이래
오늘 우리 이별의 이쯤 황홀한 배웅이다
바람이 실어 온 풍경風磬가슴에 매단 사람들

다시 설 기약으로 잎이 지고 혼은 피나
울림이 연緣이 되는 천년 고찰 쇠북소리
아미타 무량광불이 빨갛게 익어 쌓은 공

*甲寺九曲(川) : 계룡산 옆으로 흐르는 계곡에 경관이 뛰어 난
아홉 곳을 이름.

대추, 대추

호시절 푸른 꽃네 벽 허물고 출행하다
노랑웃음 피우던 날 벌 나비 담방대며
떼바람 피워대더니
오, 풋별이 오종종

산동네에
살림 차려
소곤대며 익은 사랑
빨갛게만 웃어야 될 달귀 붉은 서사시다
품은 요 달보드레 끼 우리 속을 태워요

이도저도 가을 형색 마법에 걸린 굿판
그 누가 간짓대로 별 떼를 흔들어 대나
우 후후 꽃비 다홍아 네가 익어 가을이다

부추꽃

텃밭이 만 갈래로 푸름을 배설한다
팔남매 울 어무이 섬섬한 손맛에서
박한 땅 한갓지게도 참 싱싱히 키웠다

푸르께한 향내를 수더분히 버무려서
무치고 겉절이다 파랑지짐 부치는 엄마
국이다 붉은 찌개다 송송 얹는 푸른 고명

바람이 휘익 흔들어 허리는 굽고 휘어
어머이 쇤 부추머리에 꽂았던 하얀 족두리
갈래 져 박힌 씨알은 창창 대를 잇더라

깊은 눈

피로를 덜기 위해 안마원을 찾았다
손가락을 풀다 이거 엄청 커요 다이아죠
아서라, 혼동과 착시 나의 실수 허수다

감각의 부축으로 곧이 선 눈물의 내력
한 점 한 점 기운 서사 기억의 눈이 되다
어둠도 그를 일으켜
그의 촉은 빛나 밝다

자옥紫玉이 고혈압에 좋다고 누구 말인가
넘치는 관념의 늪 행간을 딛는 오늘
마음의 움이 깊은 이
뜻을 읽지 못한 나

깊고 먼 기호다발 헐거움 헹궈 낼 때
돌맞이 전 밝음을 보지 못했다는 그

긍정은
나의 힘이고
길이라며 웃는다

유월의 음료

촉촉한 마음으로 춤추고 싶다던 그

애달아 처친 어깨 속으로 울고 있구나 이승의 그리
움 중에 가물 타는 목마름

메마른 젖가슴을 헤집던 어린것들

마음이 갈라지는 아픔은 고통이라 구름 몇도 숨죽
인 밤 별만이 총총 맑다 낭떨어지 끝간데 생 흔들릴
기로에서 제 설움 가누지 못해 미궁에 든 그네들 조용
한 짜개 눈물로 혼 말리던 아침나절 후드득 단비 쩝쩝
처 든 고개 꿀비 약비라

오 푸른

요것들 봐요

팔도 뻗네 산다는 것

은유, 그 어느 인생

길 잃어 에돌다 온
그늘진 물구덩이
네온의 멀미에 취한 레이스를 휘날리고
진종일 cctv 꺼진 홀라댄스 세상이다

혼신으로 풀무질해
어둠을 뜯어 먹고
제 체온 고대 사위는 주름진 바람꽃 돼
부나비 날을 접을 때 펄럭이는 그 남루

인사동 고방 안 그가

남자가
골동품을
하나하나 모셔 나오자
묶여있던 유기들이 기지개를 켜 댄다
밝음이 어둠을 삼켜 이날의 집 열리다

쪽잠에 뒤척이던
종鐘이 종종 따라 나서
인연 그 꽃이 되어 바람 저 편 가 닿을 생
빛을 본 앙증맞은 고 노랑 눈이 부시다

담금질 불의 춤에 무늬 저 익은 여운
거 심지 열망의 획 경계 없이 저어 온 길

울림 커
하늘 죄다 뚫을
한 아픔의 날갯짓

갯바람

바다가 물질하다 들려주는 만 가지 설

누구도 못 말리는 하늘 보다 기가 센 그

그에게 할퀴어 죽어도 비책 없는 우리다

심지어 파도가 곤드레만드레 취할 때에

먼 길 가다 막 지나던 중 상륙한 사투리는

도저히 못 알아먹을 그들만의 노래이다

항구도 멀미 앓아 풍경이 요동치니

설움은 며칠 밤낮을 밀려 와 울부짖다

물살을 넘어 온 사람 한 통속 돼 울게 된다

이월 장미의 항변

홀연히 찾아 온 그 내일에 홀 가겠다 말
철없이 그저 스친 바람은 아닙니다 꽃으로 생을 한
다는 내 말만은 믿어줘요

지난 해 참 혼연히 얼싸안고 사랑했었지요
입맞춤은 수십 번은 족히 주고받았지요 양지 빛 좋
이 받으며 나눈 언약 생생해요

뜻밖에 고개숙인 임 믿기지 않아 애달아요
누구의 큰 음모로 우리를 갈라놓을까요 아무도 우
리 지극한 사랑 막진 못해요

빨간 고백통

원주 역 공중전화
하릴없어 마냥 존다
그 옛날 먼 너머에서 숨 쉬는 임을 불러
진분홍 혼 줄로 지펴 꽃시를 써 쌓던 곳

피 끓던 청년들과
아리땁던 그녀는 지금
　·
　·
기다림 끝에 온 봄 조바심이 덩그렇다
어느 날
숨 닳아 묻힐
어둠으로 내 몰지

붉은 흙

북으로 간 어매가 친행에 나선 날에
물레로 자은 분홍 명주옷을 입어셨네
홍조 띤 만 살붙이도 활짝 웃어 좋은 날

팔남매 애면글면 아우르다 누운 그곳
한 사흘 불꽃이다 바람에 밀린 순교자
화전 밭 둔덕 언저리 낭자했던 그 자국

붉은 피 괸 이불 속
그 정령의 환생이다
숨이 차 겨워 터진 참 화한 얼굴 좀 봐
참꽃 색 옷만 늘 입던 울 어매가 참꽃이다

숨쉬는 서사를 보다

어제인 듯이 오늘

연두 향 흩뿌리며 다가 온 봄, 생은 환희였다

오뉴월 정원의 꽃 언약은 찬란했지 그 여름 후끈거리며 푹 젖은 사랑 여물다 햇살이 비스듬히 내리는 입동지절 돌아보면 봄여름 갈 어젠데 손 흔들다니 너 없이 바람 든 자리 넓고 깊어 허허롭다 신발을 질질 끄는 등 굽은 피붙이 아, 슬픔이 피로 묽을 북으로 그 북으로

혼까지
짓밟힌 거리
처연함에 젖는 날

사랑이 떠나가다
– 꽃의 여인[1] 잠들다

꽃부리 날개 세워 세상을 읽던 방랑자
가눌 수 없이 타던 불꽃의 꿈틀거림 화관은 열린 사
유라 꽃 한 송이 춤추듯 자신을 찾아 떠나던 그녀의
야생공원 간절히 바라 하는 내면의 사역에서 생명이
탄생한 순간 생은 빛나 화려했다 곡진 삶을 치열하게
승화한 그녀의 강 섬뜩한 순간 너머 원초적 에너지로
백지에 선 구도자요 희망을 펼친 어머니

절필로 감내하던 침묵의 페미니스트
빈손 든 막막함은 존재를 소진하는 것 그 묵언 고독
과 한에 울지 말자 안녕히 하늘길 가까이로 가벼이 날
기 위해 태워서 비울 화畵로 아, 현신現身 불에 들다
내일도 식지 않을 그 강열했던 불씨여

*꽃의 여인[1] : 千鏡子, 1924년 전남 고흥 출생, 서양화가.

바람의 흔적

　때 아닌 춘 오월을 물쿤다 창문을 열자
　지천을 두툼하게 덮은 어둠 음산하다 이 밤을 기웃
대는 어떤 이도 그립다며 스민다 내 마음과 혼을 다스
릴 발걸음 이 시각 달 별 보다도 그대를 더 반길 나 시
절 그 반전의 효과 바람이여 오소서 목마른 하현달이
땅에다 신발 끌다 골목길 숨모으다 우회길 들오던 그

　나무를 타고 내려온 짐승들과 마주하다

　건조한 맛이 묻어
　하늘을 흔들더니
　수은등이 깔아놓은 새하얀 백지위에
　몰골법 일필휘지로 동영상을 올리다

　바스락 인기척에 거 누가 왔나 보다
　밤새며 지우다 다시 쓴 시가 걸어 나온다
　외로 선 자음에 모음 굳건히 서 숨 쉬길

그믐달

밤바다 길은 외길 을씨년스레 젖어있다
15촉 전구 덩그러니 희망처럼 걸어놓고 허공에 눈
기울이고 창틈에는 조는 귀

어디쯤은 하마하마
아버지 발자국 소리

구만리 밖 내다보던 어머니의 우수시절
가을 일 끝내고 나니 마음 닳고 손 닳아

평생을 못내 하다 맺힌 사념 다 비우고
가분한 바람이 되어 돌아눕던 어머니

이승의 가뿐 호흡을
동천[1] 洞天으로 묻더라

*동천洞天[1]: 산천으로 둘러싸인 경치 좋은 곳.

바다

불새가 돼 돌아 온 달을 탐하는 바다

별 무리 손뼉 치는 우주의 서사에서 밤새도록 갖은
체위로 신방을 치르고도 아침이면 발그레한 살결의
여인을 살갑게 맞이한다 또 혹하여 수만 얼굴로 어느
에게 말을 걸어도 누구도 이견이 없다 그 오만과 편견
에

장미의 반란을 보다

애인도 가족들도 따뜻한 방도 없다
앙상한 가지들이 휘이 휘 채근하는 날
못 다한 그리움으로 바람 자리 선 아리랑

할머니도 이 계절을 죽도록 싫어했다지요
전설적 다슨 세상을 갈망한 일념에서 사지를 몇 번
오가다 지성으로 한 염원에 철 지난 오늘에야 황량한
모퉁이에서 발꿈치 치켜세워 조심조심 시공을 산책
하고 있습니다
오 열정 무한동력 불, 13월에 읽을 시

블랙홀, 그 반란은 굉장한 조바심입니다
기억의 어느에게 사랑의 증표삼아 내 향기를 목소
리의 여음으로 바칩니다 자만 아닌 솔직한 아름다움
으로 봐 주세요 보아도 피멍 돋을 연민의 제 홍조소를
시기 할 그 누가 불쑥 얼음장 같은 떼바람을 몰아온다
는 생각만으로도 사지가 오그라듭니다 아, 제발 천지
신명 햇살이여 나를 좋이 떠나지 마시고 사는 동안 넉
넉한 품으로 꼭 안아 주세요

이 한 몸 컨 홍등으로 겨울을 밝히리다

개기일식[1]

아침결 헛시렁 간에 벌어지는 사랑읽기
일륜日輪을 점하겠다고 무슨 수를 두겠다고
실색해 일그러진 그 검은 피가 돋는 볼기짝

세상 밖 날다람쥐가 파먹는 이 불덩이 백주대낮 으
스름 휘장 드리운 별채에서

은밀한 합방 아무도 눈 뜨고는 볼 수 없는 그 광경
은 천국의 정원에서 성스럽고 장엄한 세기적 정사 낯
설고 몽환적인 영혼들을 숨죽여 읽는다 댓글[2]은 연연
이어 괴 소문이 무성하다 임무를 등진 불가사이 한 그
들에서 운명을 점쳐보고 없었던 혹은 없을 것의 황망
한 부재에서 두어 식간을 눈 가린 채

연호連呼하다 쾌감의 절정에서 이윽고 사지를 푸는
세 연인의 생뚱맞은 얼굴에서

암호와 시간의 혼돈 비명에 든 하루다

*개기일식[1] : 2017 8.21-미국, 태양이 없어졌다!. 美 흥분시킨 99
년 만의 개기일식.
*댓글[2] : 언론 TV 등의 기사

무료로 마시는 빛

3월1일 겨울동네에 해 살이 가득 차다

창문에 비처드는 환한 밝음에 커튼을 열어젖히고 '아 좋다' 하늘을 우러르며 짧은 탄성이다 햇살은 그 남자에겐 하늘이 준 최고의 선물이다

"당신은 해만 보면 아 좋다 하는 군요", "그렇지 저 태양이 얼마나 고맙고 좋아 30분간 빛을 보기 위해서 24시간을 눈 뜨고도 감은 시간 어둠과 갈등하며 기다리는 사람들 생각해 봐" 그는 의미심장한 얼굴에 결연한 어조로 "어느 누구 통제 없이 무료로 양껏 저 해를 마신다는 게 얼마나 축복이냐 햇빛을 돈을 주고 사겠어? 제 발로 걸어 다니는 것도 통제 받은 세상 제한을 받는다는 건 자신이 없다는 것 밝음을 되찾기 위해 얼마나 많은 피의 전쟁이 있었을까 이 시대 무상으로 누리는 자유로움"

3·1절 굳은 어둠을 풀어 녹일 강이다

무채를 썰다

"겨울강 건너기에는 어허 무는 동삼이다."

　98회 언 강을 넘어 꽃 품에 든 아버지 기미생 울툭
불툭 한 길을 걸어오시며 무 반찬을 즐기시던 아버지
의 동지섣달 김치와 동치미를 담고 남은 청방무¹다 구
덩이에 사려있던 움켜 꺼낸 보암직한 놈 몸체의 파르
스름한 세 번째 동강이는 보름달이다 썡긋 집어 아삭
아삭 씹을라치면 달달한 즙은 감돌아 내 얼굴이 환해
졌지 떡 썰던 한호 석봉 어머니의 삼사인 듯 송송 썬
고른 채를 참기름으로 데치다 쌀뜨물을 넣어 끓여 뽀
얗게 울어나는 걸쭉한 엄마의 무채국에 통깨를 듬뿍
넣어 씹히는 고소한 맛은 올망졸망 팔남매에 12식구
겨울나기 따뜻한 찬이었다
"무채도 발이 고아야 눈과 혀가 춤춘단다."

　고른 채를 썰지 못한 시절이 있었다
　손맛인지 마음보인지 시답지 못한 솜씨 눈맛이 영
불편했다 20년이 다 돼 간다 삶이란 녹록하지 않은 생
의 계단처럼

칼을 쥔 그 지렛대를 잘 다뤄야 했던 시절

*청방무 : 청방배추, 청방무 종묘사의 품종 명.

슬픔이 기쁨에게

아, 아직 겨울밤이 선물처럼 따스함은
당신의 그 새하얀 무늬를 읽음이요 오늘도 속 찬 노
래가 발열하기 때문이죠

온 산이 내려앉아 앙상히 지켜 선 뼈
아무가 밟고 가는 버려진 사랑에도 매서운 바람의
채찍 슬픔을 노래할 때
가난의 불행에도 행복의 가벼움도 어느 곳 풍경에
도 잘 어울리는 그대

당신만 그리워하는
나를 알았으면 합니다

바람의 기억

– 수묵화 풍죽

나부끼는 자모들이 궁창穹蒼을 닦는 시각

바투 선 대숲에는 내 유년이 살고 있다 "모름지기 윗대어른 김문기[1]의 충절처럼 몸통은 휠 수 있되 꺾기면 안 된다"시며 늘 푸른 층층 심지를 소우주 화선지에 검은 불로 휘젓던 아버지의 일필휘지는 사유의 푸른 강이 돼 도도하게 숨 쉰다.

발라드 한 그가
나를 껴안은 서사시다
한 소절 연가가 채 끝나기 전 출행했지만

아, 오늘
절정의 몸짓 그 사의寫意에 숨 쉬리

*김문기[1](金文起) :1399(정종1)~1456(세조2). 조선 전기의 문신. 백촌(白村). 충청북도 옥천 출신. 사육신.
1456년 성삼문(成三問)·박팽년(朴彭年) 등이 단종 복위 계획이 사전에 발각되어 모두 주살당할 때, 김문기도 군기감 앞에서 처형되었다.

급, 서한書翰

지상의 상층에서 발 들고 머물 당신

장엄한 그대 몸집 하늘 길은 편한지요 새살 돋는 나뭇가지와 풀잎에다 응답을 내리시길 봄부터 통성기도를 매일 쓰고 있습니다 내 삶은 임 품에서 넉넉한 행복이니까요 더 이상 상처 없이 환하게 웃을 수 있게 아시잖아요 땀이 적은 저 목이 다 탑니다 도대체 어디에다 정 주고 사는지요 눈물도 마른 요즘은 속도 앓아 창백해요

지난 밤 발자국만 남기고 간 주인님

오마고 하신지가 번번인데 야속해요

첫 새벽 인정머리 없게 서둘러 떠나야 했나요

오뉴월 녹색향기가 얼마나 예쁩니까!

어느 해 심할 정도로 쏟은 힘에 속수무책 세상이 물바다가 돼 하늘만 보고 원망했던 때가 생각납니다 알알이 한 점 운으로 시작한 이야기가 그토록 노여움이 돼 온 몸이 비틀리는 전설적인 일 이었지요 신사도를 지키며 딱 하루만 내 곁에 있어 줘요

이번엔 야단스럽지 않게 조용히 왔다가요

실로폰 연주자인 그대여 그립습니다

우산도 받지 않고 우리 둘 마냥 걷다 챙 넓은 테라스에서 커피가 어울리는 날 생일을 자축하며 들려주던 왈츠 곡을 오늘 다시 들으며 그대의 그 영롱한 눈망울에 저 눕고 싶답니다 이 갈급 부탁입니다 나 떼쟁이 아시잖아요 당신으로 온 전신이 춤추는 나뭇잎을 타고 내린 그 생명수 줄기에 흠뻑 젖는 카타르시스를 원합니다 이녘의 무한동력은 사랑다운 마법이죠

임이여 어서 오소서 총총 풀잎 입니다

백일홍, 백일 홍

진초록 붉은 삶이 중천에 수다 일어 한여름 백일 간
을 파티만 하는 동네
　향낭을 품은 여자가 홍살문에서 호객을 한다

　화원 뜰 그 굿판에 하객으로 온 불나비
　연보라 실루엣과 양화로 치장한 집 집안을 사분사
분 추억 한 점 밟고 들어 가 봄 즉은 숲길은 고요해 깊
다 화수에 촉수 돋는 시운은 제의의 노래 후끈한 입맞
춤에 풀무질로 언약을 맺어 꽃 여울 남실남실 아모레
아모르 미오[1]
　　・
　　・
　사랑을 흔드는 바람
　달빛 속으로 구월이 눕다

*Sinnò me moro[1] : (Alida Chelli알리다 첼리)
(이태리)죽도록 사랑해서 Amore, amore, amore mio

붉은 바다

　하늘과 어깨 걸고 웅성대는 바람 자리
　봄 없이 여름만 서 홍건히 땀 흐르는 오뉴월 그녀의
바다 불의 언덕 사암리[1]가 타다 짙푸른 횡가래 속 볼
붉은 우미인초[2] 연두색 눈동자에 숱 많은 노란 속눈썹
지존의 오뚝 콧날에 실린 한 동이 그 향낭

　안으로 삭인 그 삶 찬란해 배인 적삼
　아무가 아리랑 돼 퍼내고 싶은 그런 시 세상의 모든
언어로 그리움을 아우르다 살 냄새 아린 열정 다가 서
볼라치면 손잡으면 한 몸 되어 비단 잠에 묻힐까봐

　깊숙이 다문 그 색정 시 문 읽어 내가 붉다

*우미인[1] : 양귀비의 별명
*용인시[2] : 천안구 원삼면 사암리 양귀비 마을

책을 정리하다 봄비를 보다

  지상의 모든 입술에 사랑비 맛보는 날

  무량 수 층층 언어 연줄연줄 끌어 안겨 숨죽여 아린
시간 가위눌린 사림辭林일지 수십 년 잊혀 진 언어 골
깊게 떠 누렇다 엮인 운 흔들고 개어 대열을 가다듬다
책 갈피 풍경 속에 해 묵은 네 잎 클로버가 걸어 나와
가슴을 적신 사연은 이러하다 하굣길 갓 여중생 소녀
는 시인이었다 손잡은 그녀와 나 55년 청록지기로

  그립다 하지 않았다 첫 인연 아닌 누구도

  생명의 풀무질에 소망은 푸르게 서

  그림이 말모이다 말 부려 그리다 시

  꽃 다져 달달한 이 봄 이어지는 그 불씨

없는 것들의 추억

– 예미역[2]

1.

기차는 손님 몇을 배설하며 숨 고루다

재 높아 반 쯤 열린 태백선 하늘 길로 사다리[2] 기어
오르듯 엉덩이를 내 민다

*예미역[1] : 강원도 정선군 신동읍 예미리 200-1
*사다리[2] : 예미-조동 구간의 경우 우리나라에서 가장 구배(勾
配)가 높은(약 30%) 구간으로 과거에는 예미역 구내에 구원목
적으로 보조기관차 피난선이 대기하고 있었다.

2.

아, 해가 뺨 꼬집나 그토록 따간 한낮 끝없이 평행
으로 동행할 궤도 틈새

기함할 오 그곳에다 터를 잡아 딱한 그들

망초 꽃 씀바귀가 누구를 그리는 가 맞바람 받아먹
어 허접한 달맞이꽃

뇌랗게 뜬 모가지들 부황 든 채 배질하고

체념해 포갠 시간 희망을 괴고 누워 시절을 속으로
만 태우는 석탄더미

아득한 세상길에서 에돌아 갈 간이역

거리는 을씨년스레 있음 적 없음에서 옛 집엔 꽃이
아닌 독장치는 잡풀의 춤

한 시절 핀 웃음들은 어디에서 숨 쉴까

요기를 채워주며 추억을 먹여주던 그릇은 나동그라
져 바람 집에 세든 속내

희뿌연 미닫이창이 빨 · 닭 · 튀 · 호 · 순 이란다

3.
어둠을 엮는 빛이
예미禮美리에 서성이다
밤의 제국 두리둥실 금 그릇에 고봉밥을
먼 길 와 유월열사흘 떨림으로 받습니다
구름에 간섭받던
달빛이 쏟아 내는 말
슬픔이 사랑 맛이 삶이고 연민이죠
만의 별 달의 광채로 그대 가슴 안을 게

두루뭉술[3] 아름다이 숲 여울 어룽 거닐다
풀벌레 훈薰을 덤 한 당신으로 전부인 나
다 없는 줄로 알았던 아무가 있는 내 행간

*두루뭉술[3] : 두위봉은(1,465.8m)은 산 모양새가 두툼하고 두
루뭉실하여 주민들은 두리봉이라고도 부름.

무소유의 소유

노을이 아름다워 더 슬픈 말복 날에

털 코트 입은 남자 낯짝 3분지2가 구레나룻 북적한 네거리에서 공짜 부채 들고 시계를 본다 봄부터 덕지덕지 빌붙은 때 버겁다 생즙을 짜듯 한더위 아무가 그를 부르랴

바람 든 수심 그 분량 싣고 달리는 저녁답

압화, 눌림이 사랑이라는 말의 진실

아름답다고 불러준 당신을 기다리다
행복해 보였던 게 죄였다면 어쩌나요
이 몸을 다 드리지요 예쁘게만 봐 줘요

우리 서로 가슴이던
그 혼은 사그라져
그대의 짓눌림과 포박으로 눕습니다

상처의 무늬를 봐요
마른 눈물의 창백함

이 세상이
동력으로
환하게 발열할지
지금껏 간직하려 애 썼던 게 신기할 뿐

오늘은 어제보다 더
침울한 날 입니다

가을연기

한 목숨 다 태우다 스러져간 그 누구도
꽃을 심고 달과 별을 거느렸던 사원寺院이지요
이승에 사랑의 화원 그 자체로 충분해요

  붉음을 완성하는 가을은 입 닫고 운다
  거두어 보여주며 다 비워 희생하다
  열반제 붉은 사체를
  빠닥빠닥 태우는 일

가는 이 보내는 이
눈물은 매 일반이라
하늘에다 다비문을 새기는 해거름 연기
정점에 누운 그들을 배웅하는 참 의식

슬픈 영화

  적멸의 가락이 차 양지도 헐렁하다
  갈색모를 쓴 남자가 숲길을 가고 있다 슈트의 얼룩
무늬는 수 세월이 묻어있고, 만장을 든 노인 둘 친구
처럼 동행하다 홀연히 고지 앞 등성이에서 사라졌다
그 뒤를 따르던 젊은 여자는 배꼽을 다 드러내고 짧은
스커트가 상한선까지 올라간 걸 모르고, 광대뼈에 스
치는 쏴한 바람에 코끝이 시큰시큰한지 알록달록한
원피스 부리에다 연신 코를 훔쳐대다 정신 나간 여자
처럼 팔딱팔딱 뛰더니 헤헤거리다 주문을 외나 중얼
거리며 사내를 찾나 두리번거리다 돌부리에 넘어졌
다 일어나 손 무릎을 툭툭 털고는 탈진한 걸음이더니
나뭇등걸에 걸려 풀썩 주저앉고 말았다 저 쪽에 두어
녀석이 물구나무를 서 히득거리며 놀고 있지만 을씨
년스럽다 흐릿한 동공의 초점 너머 어디서 본 듯한 얼
굴 큰 바위 틈새에 누어있다
  허벅지를 다 들어 낸 멀쑥이 자란 나무 텅 빈 가지
사이 아득한 바람집이다

  그들을 보듬은 자궁
  깊은 잠에 빠져들다

어느 풍경

만인의 애인이라 지 잘 나 무슨 수를
도저히 못 헤어진다 그 사람 애주가라네
예부터 바지가랑 끈 매인 사람 더러 봤다

어둠이 그네들을 삼삼오오 들어 올리자 설레발로
꾼의 간을 키워 한몫 보는 그다
대낮에는 숨죽인 예술이라 일컫던 소리들이 곰팡내
가 점령한 골목 안 한 방으로 불러 모으다 조금씩 당
겨대며 어서 와 요리앉아 실내에는 잘난 채 국적 없는
음향들과 두서없는 공약들이 다투어 킥킥거리다 한
두어 순배 골이 듬쑥하면 뚜껑열린 인사들이 무슨 발
전할 일을 도모하나 건배를 외쳐 대며 제대로 열린 우
주들 요란스럽다 이상 저상 이웃들이 더 더한 부채질
로 그를 치켜세울 때 교대로 배설실로 드나드니 천정
이 빙글빙글 선풍기 따라 맴을 돌다
오 바람 웅숭깊어 긴 터널을 빠져 나온 이

지독한 그에게 먹힌 자신을 새겨보다
퀴퀴하고 고린 비위를 가누지 못하는지 있는 입을

다 벌려서 숨을 푸 푸 도르고
　어둠은 거리를 묻어 납일의 밤을 쌓는다

꽃, 曲을 말하다

무성한 된바람에 다 헤진 살붙이들
상실이던 고향으로 돌아 간 이야기다 나무가 서 있
기 위해 다 버린 후 가슴앓이
밤사이 온 천지가 하얀 이불 어엿 덮었다 시공의 들
목에서 애련의 눈꽃은 피고
멀고 긴 순수의 여로 불면에 든 겨울별사

이 아침 햇살 사이로 내비친 은빛 무늬
창백하고 조바심 난 당신의 온 전신으로 고이는 그
리움 자리 발열하는 동력인가

명부전冥府殿 앞마당에도 느낌은 이렇게 오나

일찍 깬 야발쟁이들 입가에 노란 웃음
이월 말 열꽃은 일고 굳은 내 몸도 다습다

홍덕이 밭*

타국에 인질 살이 먹먹한 문장 속에
삶의 통증 감내하며 삼키는 목젖이 떫다
홍덕의 푸른 손맛도 예답지만 안쓰럽다

나인의 김치로나
작지만 큰 위안이라
곰삭아 질퍽한 향 그 맛이 고향이러니

그녀의 붉을 얼 지펴
대대로 펼 남새 밭

홍덕이 밭: 낙산 아래 동숭동에 있던 밭. 병자호란 뒤 인조가 삼전도에서 항복한 뒤, 효종(당시 봉림대군)이 청나라에 볼모로 잡혀 심양에 있을 때 따라가 모시던 나인 홍덕이라는 여인이 심양에 있으면서 채소를 가꾸어 김치를 담가서 효종에게 날마다 드렸는데, 볼모에서 풀려 고국에 돌아온 후에도 이 홍덕이 김치 맛을 잊을 수 없어 이에 효종은 낙산 중턱의 채소밭을 홍덕이에게 주어 김치를 담가 대게 했다 하여 낙산에 "홍덕이 밭"이라는 지명이 전해진다.

죽

시간의 뿌리를 밟었다

독도는 꽃이다

세상은 깊고 넓은데
박석에 끼어 앉은 해국

야박한 샛바람이 비틀고 쥐어짜도
오 본향 그 자리에서 뿌릴 내려 섯구나

홍적세洪績世로
내린 시간은
꿋꿋한 자존의 힘

왜구 고 노략질은
야비한 술책이라
이웃과 바투 선 망루 시름에도 미덥다

블루 하와이

여기 막 도착했을 때 알로하 알로하오에
바다를 선점한 섬 물을 밟고 선 하와이
푸르게 먹고 마시고 파란깃발 날리는 곳

"애당초 너 둘 여기 있었니 그래, 그랬어!"
"백년 몇 곱 전에도 나 여기에 살았었지 사방에 흩
어져 있던 꽃과 바다를 건지며
사과를 무화과나무에서 따 먹고 깁는 사랑 새빨간
키스 맛을 바다인 듯 마셔대며
천사가 피크닉 왔다 주저앉은 이 곳이다"

하늘에서 내려 와도 바다만 말하는 사람
절망을 노래하다 푸름을 삼키는 곳
바다는 섬을 업었고 섬은 바다를 입었네네

알카트라즈 섬

배반의 삶을 가둔 파도에 섬[1]이 떠 있다
저주의 입맞춤에 출렁이는 골은 깊어
지옥 섬 붉은 이름의 아랫도리를 쳐 댄다

가슴을 읽지 못해 북으로 만 기운세상
매섭게 헹궈 내는 큰 너울의 아우성에
미궁 속 슬픈 키스를 날려 보낸 그 다리[2]

따뜻한 기억 넘어 보드랍던 입술과 손길
사랑아 피지 못한 넋 언젠가 꽃으로 펴
내일은 바람 물 햇빛 어울 보듬어 살기를

* 알카트라즈[1] : Alcatraz Island :샌프란시스코 해안, 흉악범들
을 수감했던 지옥의 섬이라 불림.
* 금문교[2]: 1937년 최초 내진설계로 만들어진 다리.

할리우드의 삶

그렇게 생이 깊어
환장할 눈물이라면

그래서 이 사랑이 날 밤 샐 조바심이었다면

눈뜨고
같은 땅에서
멍에 헐리[1] 않을 걸

*헐리[1] : (제주방언) 몸에 상한 자리가 난 것. 멍에 헐리(멍엣상처)

건조한 밤

사막의 밤하늘은 미궁의 나라이다
들뜬 저 가슴들이 거리를 배회할 때 현란한 모든 불
들이 그 영혼을 훔치다

거품을 문 몸통에 기름을 채워 준 그
삼킨 것 토해 내라고 다시 또 처먹이다 철통에 항복
하고는 아 그만 그가 질식하고
철새는 목마르다 한사코 물을 찾다 평생을 같이하
자며 어둠에 약속하고 낮에는 약속이란 꿈을 깨는 네
바다[1]의 아이러니
우리는 그걸 주홍빛 기적이라 부르자

*라스베이거스[1] : 미국 서남부 네바다주에 있는 관광, 도박의 도
시, 세계적인 도박의 도시.

그 자연

근육질을 과시하는 장가계[1] 바위덩이

이 저 하늘에 불쑥불쑥 키 재며 삿대질이다 얼씨
구 날 잡겠다 한 걸음 물러섰다

굽이굽이 보려했더니 색 다른 얼굴들이 몰 골상을
흠칫 가려 10곡병을 다 못 편다

십리 화랑 가기 전 옆 풍경에 만취하다 순례하던 해
가 등 돌려 계곡은 으스럼이다

흐르는 시간 두고야 스승 삼을 그 자연

---

*천자산 장가계[1] : 중국 호남성 서북부에 위치, 자연경관이 뛰어
나 1982년 9월 장자제가 중국 최초로 국가삼림공원이 된 곳.

시간의 뿌리

　오지奧地[1]는 영혼들의 신음이고 피비린내다
　꿈틀대는 나무들이 앞서 간 자의 주인이 돼 쓰러진
그 사체들을 통리하려 휘감다

　피와 살의 바람이여 옛 애인이 두고 간 무늬
　그들의 위대했던 극락왕생을 찾아 헤매다 미로 같
은 벽속을 황급히 돌아 나가 지금은 어디에서 세월을
나는 가요

　군림한 나무만 기대
　뿌리가 권력인 따프롬[2]

*따프롬[1] : 앙코르톰의 동쪽으로 약 1km 떨어져 있다. 자야바르
만 7세(Jayavarman VII)가 어머니의 극락왕생을 비는 마음에서
12세기 말과 13세기 초에 지은 사원이다.

바이온 사원[1]

사람이 돌이 되면 저리도 무거울까

시간을 훌쩍 넘은 낯선 마음들과의 만남 나와는 깊은 경계를 두고 멀어진 기억에서 어웅한 슬픈 신과 검은 악마 첩첩 핀 하얗고도 검푸른 돌꽃들은 날개 접고 누운 뭇별의 한숨자국인 듯 숭숭하다 석탑에 마음 다 준 희원은 유효 한가 찬란했던 해는 이미 넘어 갔건만 드넓은 평원으로 향해 차마 눈감지 못하는 216기 크메르인의 미소에 허기 진 석양이 서려 있다 외로 선 나 청맹과니가 돼 그들을 읽을 수 없어 마음이 아리다

길고 긴

묵언의 시간

까맣게 뒤집어 쓴 허명

*바이온 사원[1] : 세계문화유산으로 지정된 캄보디아 씨엠립([Siem Reap] 주도(州都)에 위치.
앙코르시대는 9~15세기의 크메르(Khmer)왕조시대 유적의 일부, 자야바르만(Jayavarman)7세(1181-1220년)에 건설한 앙코르 유적의 불교사원.

106

섬 파타야

섬[1]에 몸을 담근 연인은 영화를 활짝 찍는다
물을 털고 어께 겯다 수다 웃다 한창이라
햇살 덤 산호바다가 파르대대 창창타

모래밭 앉은 사람 나들이일까 이별여행일까
토라진 여자를 달래 미래를 다짐하나 언약을 지켜
보던 모래가 손가락 사이로 흐르는 말을 에메랄드 짠
물로 씻어 삼키다 속 빠른 스피드보트가 그 흔적을 지
우다
벤치에 앉은 두 연인 아이스크림에 빠지다

*파타야[1] : 타이 촌부리 주의 도시, 타이만 동쪽 해안에 있는 휴
양지

호수

어망에 든 바다는 한 통속 한 터전이다
하루를 산 모두가 누렇게 뜬 호수'다
사랑 맛 천년 만 년은 길던 짧던 한 몸이다

제 삶을 녹인 물이
발효된 수상가옥
학교가 물고기가 가축이 출렁인다
호수는
하도 생이 짜
잘 아부해야 높이 뜬다

*톨레삽 호수' : Tonle Sap Lake. 세계2위 크기, 제주도7배, 경
상남북도 합친 크기, 학교, 교회, 가축, 배달서비스, 물고기로
젓갈을 담아, 연간 잡히는 물고기가 100만 톤

고궁박물원[1]

본향이 어디냐에
그리운 곳이 멀어

가슴 울려 그린 점 선
날 반긴 곳이 본향이랄까

지독한 아름다움을
봄바람이 모셔 온 곳

*대만 국립고궁박물원[1] : 타이베이시 위치, 중국 회화, 도자기,
청동기, 공예품 등 중국미술사 자료 소장.

만리장성

만에 만 숨을 쌓은독의 장성 숙연하다

구만리에 이는 바람
장천에 한을 그어

아 허명 갈 뜻을 쫓다
시대를 인 숨표 쉼표

광장[1]이 사람 잡네

한 줄기
몸을 쓰다
그리움 찾아 나선

사람이 산이 더만
믿을까 바다더라

똬리 턴
구척 뱀 무리
워글워글
숨 점 선

*광장[1] : 천안문(天安門), 중화인민공화국 득세 시대의 천안문.

그랜드캐니언

　일행에서 빠져나와 탑으로 올라 간 그

　새빨간 색의 함성 그리고 그 장중한 분위기에 부르르
어지럼이 일다가 별 별스런 원초적인 모습에서 낯선 듯
낯설지 않은 수 수 몇 곱 이천년에 헤어졌던 백마를 탄
이브를 만났다 아 다시 내 하나의 목숨으로 우주적 사랑
을 하고 싶은 충동으로 그 둘은 휘황한 골짜기를 넘나들
다 둘을 위해 낙원이 준비 된 듯 호사하며 고원의 드넓
은 벌판을 조랑말의 등에 올라 내달리다 아슬아슬하게
V협곡을 내려다보다 그만 물이 되고 말았다 때 마침 로
키산을 운행하던 하나님이 보내 준 뗏목으로 래프팅의
힘 초능력으로 급류의 물갈퀴를 잡고 역 서핑을 하다 첨
탑으로 다시 올라 성큼성큼 계단을 건너 타잔의 등에 업
히는 모험을 감행했다 시간이란 마법에서 20억 년 후부
터 콜로라도 강은 지금도 캐니언[1]을 야금야금 씹어대며
하늘을 마신다

　오, 여기 만대로 이은
　난바다의 입맞춤.

*그랜드캐니언[1] : 폭 0.2~29km이고 길이는 약 443km인데, 미국 애리조나 주 북쪽 경계선 근처의 파리아 강어귀에서 시작하여 네바다 주 경계선 근처의 그랜드위시 절벽까지 이어져, 이곳에서 갈라진 수많은 협곡과 고원지대를 말한다.

예술적 상상력과 삶의 감각이 어울려 빚은 정형 미학

유성호

한양대 국문과 교수 · 문학평론가

1. 구체성과 보편성을 통합한 원숙한 세계

서정시는 시인이 스스로 살아온 시간을 기억하고 성찰하는 속성을 강하게 띠는 언어예술이다. 서정시의 창작 동기를 자기 고백이나 나르시시즘에서 찾는 까닭도 여기에 있지 않을까 한다. 이러한 기억과 성찰과 고백이라는 원리는, 때로는 시인 자신의 삶으로 더욱 몰입하려는 구심력으로 나타나기도 하고, 때로는 이웃과 타자들로 더욱 번져가려는 원심력으로 현상하기도 한다. 특별히 '시조(時調)'는 사물에 대한 지극한 관조와 삶에 대한 섬세한 기억으로 그 안에 담긴 아름다운 시간을 회상하고 재현하는 지향을 강하게 가진 정형 양식이다. 시인 자신의 삶에 남은 흔적들을 추스르고 견디는 쪽에서 그러한 착상과 발화가 생성된다는 점에서, 정형 양식은 가장 맞춤한 기억과 성찰과 고백의 방법적 거점이 된다고 할 수 있을 것이다.

김정해(金正海) 시인의 정형시집 『봄을 낭송하다』(고요아침, 2020)는, 시인이 사물과 삶에 지극한 사랑과 정성의 시선을 부여한 결과 이루어낸 미학적 결실이다. 지상에서 살아가는 뭇 생명들에 대한 긍정의 마음이 가득한 이번 시집은 생명에 대한 찬가이자 삶에 대한 송가이기도 하다. 화백이자 시인으로서, 그는 서정시의 가장 본래적인 권역인 자기 확인과 함께 반성적 사유까지 동반하는 폭 넓은 서정의 흐름을 보여준다. 그만큼 김정해의 시조는 서정시의 재귀적(再歸的) 원리를 일관되게 탐구하고 실천해감으로써 시인 자신이 희원해마지 않는 간절함과 진정성을 노래해간다. 이는 시인이 언어의 생성을 통해 존재의 생성을 이루어가는 과정을 뜻하기도 한다. 그만큼 김정해 시조가 보여주는 기억과 성찰과 고백은 구체성과 보편성을 순간적으로 통합하면서 하나의 원숙한 세계를 이루고 있다 할 것이다. 이제 그 세계 안으로 들어가 보도록 하자

2. 봄을 맞아 견지하는 궁극적 대상을 향한 강한 의지

우리 시대의 시인들은 치열한 내적 반성을 통해 일종의 '시원'을 재현하려고 노력한다. 여기서 '시원(始原)'

이란 유토피아나 유년기를 뜻하지 않는다. 그것은 우리의 지각으로는 가닿기 어려운 신성(神聖)을 내장하고 있는 본향이기도 하고, 훼손되기 이전 혹은 일체의 훼손을 치유한 이후의 정신적 경지를 간접화한 표상이기도 하다. 시인들은 그것을 일상에서 발견하기도 하고 역으로 그것의 불가능성에 대해 절망하기도 한다. 이러한 역설의 추구를 통해 그들의 언어는 시원의 상상적 완성을 도모해가는 것이다. 김정해 시인 역시 자연 사물의 편재성(遍在性)으로 이러한 시원 탐구의 열정을 보여주는데, 자신만의 상징이나 은유를 통해 순연한 계절의 흐름과 함께 사물들의 수런거림과 움직임에 대한 예민한 관찰을 멈추지 않는다. 시인은 이때 가장 보편적인 제재인 자연이나 계절을 택하여 어떤 시원의 차원으로 자신을 끌어올리려는 노력을 다한다. 그래서 김정해의 시조는 경험적 주체와 시적 주체가 통합된 발화를 통해 시원의 차원에 이르는 과정을 심화해간다고 할 수 있을 것이다. 다음 시편을 먼저 읽어보자.

오, 그가 돌아왔어 새벽녘 살짝 은밀히
문 앞에서 날 기다리다 눈물이 그렁그렁
순연한 이지적 눈매 맑은 영혼 그대로

무참히 등 보이던 날 이유를 알기 전에 그대가 떠나왔

다던 푸른 물 바람 속으로 무사히 당도하기를 기도한 보
람 있네요 눈뜨자 초하룻날 위로가 된 사랑이여 만남이
그리움이듯 떠남을 지레 수심 돼 다시는 실연의 잔을 들
고 싶지 않아요

　　봄 오면 모종 심고 텃밭에 꽃도 보고
　　몸 섞어 어울 뒤울 따뜻이 살고 싶어요

　　내 사랑 너무 뜨거워
　　눈물 어린 내 우수
　　－「그가 돌아오다 － 서설」 전문

　이 작품은 사랑하는 '그'가 돌아오는 과정을 시집의
서설(序說)로 노래하는 시인의 모습을 보여준다. 새벽녘
살짝 은밀히 문 앞에 돌아와 '나'를 기다리던 '그'는 시
인이 오랫동안 사랑하고 그리워했던 "순연한 이지적 눈
매 맑은 영혼"을 가진 대상이다. "눈물이 그렁그렁"한
채 돌아온 '그'와 '나'는 한때 무참하게 등을 보이며 "실
연의 잔"을 나누었던 사이다. 눈을 뜨자 "초하룻날 위로
가 된 사랑"을 다시 만난 '나'는 그동안 쌓아왔던 그리움
과 수심을 넘어 '그'와 함께 "봄 오면 모종 심고 텃밭에
꽃도 보고/몸 섞어 어울 뒤울 따뜻이 살고"자 하는 소망
을 가진다. 그렇게 뜨거운 사랑의 출현으로 인해 시인은

눈물 어린 '나'의 우수(憂愁)를 소중하게 안아 들인다. 물론 여기서 서설을 '서설(瑞雪)'로 우수를 '우수(雨水)'로 읽으면 이 작품은 봄날을 예비하는 자연의 마음으로 적극 변신하기도 한다. 어쨌든 '그'가 돌아오기를 기도한 보람으로 시인은, "내 사랑 그의 걸음이 영혼이 산빛"(「꽃 한 송이가 사는 의미 – 달」)이었으므로, '그'와 더불어 봄날의 환희를 만끽할 심리적, 물리적 준비를 다하게 된 것이다. 그 순간이야말로 "그대의 다슨 입김 향기를"(「휘파람새 아침」) 통해 "상처가 새순으로 나 생명의 시가 된 날"(「꽃다지」)일 것이다. 그러한 '봄'은 다음 작품으로도 이어진다.

햇살이 내 심장을
살살 끓여 데우는 날
어영차, 언 땅 뚫은 새순 고 힘 부치나
툭 치는 바람에 눈이 휘둥그레 새치름타

당신의 삶을 품은
텃밭이 팔 남매라
열두 가지 모종 들고 밭이랑을 돋우시다
샛바람 불어 그을린 볼기짝이 발그레

마음은 이미 앞서

아삭아삭 둥실한 열매

흙 덮인 그 손으로 머리칼을 훔치다

엉덩이 천근을 들어 올리시던 어머니

아지랑이

나울거리며

이는 그리움이여

오늘 그대 속울음의 채소를 씹어대며

앞서 산 어무이처럼

그 세월을 먹습니다

– 「어머니의 삼월」 전문

　어머니의 봄은 "햇살이 내 심장을/살살 끓여 데우는 날"에 찾아온다. "언 땅 뚫은 새순"이 힘이 부치는 듯하지만, "당신의 삶"을 품은 텃밭에 모종 들고 이랑을 돋우시던 거룩한 노동은 어김없이 삼월과 함께 찾아온다. 팔 남매를 거두시면서 "마음은 이미 앞서/아삭아삭 둥실한 열매"를 바라보시고 흙 덮인 손으로 머리칼을 훔치시던 어머니, 이제는 "아지랑이/나울거리며/이는 그리움"으로 가닿을 수밖에 없는 '어머니의 삼월'을 맞아 속울음의 세월을 톺아 올리는 시인의 모습이 애잔하고 또 살갑다. 그렇게 어머니의 '봄'은 가파르고 신성하고 아름다운 삶의 모습으로 인화되어 나타나고, "캄캄

하고 먼 곳까지 스며드는 뜨거운 손길"(「번지점프를 하다 – 어느 봄날의 기록」)로 다가온다. 시인은 "지극한 사랑"(「이월 장미의 항변」)을 지상에 남기신 어머니를 향하여 "못 다한 그리움으로 바람 자리 선 아리랑"(「장미의 반란을 보다」)을 부르는 셈이다.

이처럼 김정해 시인은 계절의 흐름을 따라가면서 언어의 사원을 떠나 시간이 흘러가는 길 위로 나와 있다. 봄을 맞아 누리는 시원의 차원에 대한 추구와 신성한 그리움을 강렬하게 보여주면서 우리에게 역설적 활력을 부여해준다. 그것은 그의 시조가 뭇 현상들이 근본적으로 상호 연관되어 있다는 생각 아래, 자연 사물의 순환 과정이 깊이 매개되어 있음을 전제로 하고 있기 때문일 것이다. 이는 인간이 우주의 구성 요소들과 불가분리성을 지닌다는 자각과 연관되면서, 가장 근원적인 가치를 구성하는 근본 요소로서의 자연 사물을 인식하는 것과도 연동된다. 이때 시인의 사유와 감각은 봄의 물리적 속성을 재현하는 데 그치지 않고, '그'나 '어머니'를 순간적으로 회상하고 만나는 움직임으로 몸을 바꾼다. 그 과정을 통해 시인은 궁극적 대상을 향한 강한 의지를 담고 있는 것이다.

3. 항구적으로 기억되어갈 예술의 미(美)

대체로 정형 양식은 고전적인 착상과 화법에 원천적으로 의지하게 마련이다. 김정해 시인은 이러한 동일성 원리를 근원적으로 추인하면서도 다양한 서정의 계기들을 마련하면서 현대적인 목소리를 구비하는 명실 공히 '현대시조'의 시인이다. 그는 사물의 외관을 충실하게 묘사하면서도 거기에 자신의 일상적 삶의 태도를 덧입히고 있고, 오랜 시간을 탐구하면서도 원초적 기원을 상상하고 있으며, 사물 안팎에 새겨진 기억의 흔적을 거스르는 방법을 통해 다양한 미학적 해석을 생산해낸다. 남다른 기억의 심도(深度)를 통해 존재론적 원형에 가까운 사랑의 마음을 노래하고, 이러한 사랑의 발견과 회상 과정을 지속적으로 관철해간다. 물론 그 힘은 유한한 인생에 대한 것으로도 나타나지만, 불멸의 예술 그 자체를 향하기도 한다. 이때 삶이 지속되는 한 항구적으로 기억되어갈 예술의 미(美)는 '시인 김정해'와 '화백 김정해'가 동시에 추구해가는 가치일 것이다. 그 안에서 시인은 자신만의 예술적 파동을 적극 구성해내고 있다.

하늘 귀에
걸터앉은
아슬아슬한 저 지붕 좀 봐

내려다볼 마음자리

구부러져야 온전한가

천릿길 내딛기 전에 숨 모우는 버선코

꽃이던 달과 별을

멍멍한 피붙이를

정갈한 가슴 열어 헤아려 아우르다

맞대어 키우는 사랑

지켜보는 어머니 품

　–「한옥, 곡선을 말하다」 전문

　시인이 바라보는 것은 우리 고유의 건축 양식인 '한
옥'이다. 시인은 "하늘 귀에/걸터앉은/아슬아슬한 저 지
붕"이야말로 "내려다볼 마음자리"처럼 구부러져 온전
한 모습을 하고 있고, "천릿길 내딛기 전에 숨 모우는 버
선코"처럼 곡선의 미(美)를 가지고 있음을 노래한다. 어
쩌면 한옥의 아름다움은 정갈한 가슴으로 꽃이며 달이
며 별 같은 피붙이를 키우시던 어머니의 품과도 같을 것
이다. 그 어머니의 품은 "꽃을 심고 달과 별을 거느렸던
사원"(「가을연기」)과도 같을 것이다. 그리고 어머니의
사랑은 "어둠을 트는 매화"(「야매」)처럼 아름다운 "일획

일필의 무늬"(「나비, 날빛」)를 가진 예술적 공력으로 등
가화되는데, 시인은 이러한 과정을 통해 "두둥실/높이
떠 오른/저 가뭇한 이승의 묵언"(「백자 달 항아리」)처럼
"여울진 갈피갈피에 해가 뜨고 별도 이는"(「단추 구멍」)
한옥의 예술적 아름다움을 표상한 것이다.

　　초행길 미술관은 몇 굽이굽이 지고
　　그녀와 함께 사는 뱀을 만나러 갔다
　　거리는
　　후줄근했고
　　안개 또한 자욱했다

　　휘장 드리운 안방에서 여인 홀로 몸을 풀고

　　빨간 혀 날름대는 뱀을 낳았는데

　　뜨겁게 살아 숨쉬는 섬뜩한 꽃밭이었다

　　세 마리 그 꽃뱀은
　　화관을 밀어내고
　　전신을 휘감은 혼 불의 화신 절로 되어
　　사래 긴 똬리를 틀고 짙은 향낭香囊을 머금었다

하얀 강에 일렁이는 꽃바람 문신이여

돌팔매질 빗발치던 지난밤을 뒤로 접고

와우 와 머리 흔들며 오늘 다시 태어나다

– 「안개 자욱한 날의 일기 - 천경자의 〈뱀〉」 전문

이 작품은 이례적으로 '화가 천경자'의 작품 세계를 대상으로 한 일종의 메타성을 가지고 있다. 천경자는 '꽃'이나 '여인'을 소재로 한 그림을 많이 그린 한국의 대표 화가이다. 독특한 색감과 형태미의 그림을 그렸고, 환상적 분위기를 연출해내는 데 탁월했다. 시인은 안개 자욱하고 굽이진 미술관 초행길을 간다. "그녀와 함께 사는 뱀"을 만나기 위해서이다. 천경자는 '꽃'과 '여인' 못지 않게 '뱀'을 즐겨 다루었는데, 특별히 「생태」라는 작품에서는 살아있는 듯 꿈틀거리는 뱀을 생명력의 상징으로 그린 바 있다. 「나의 슬픈 전설의 22페이지」라는 작품에서도 뱀과 꽃과 여인 모두를 다루었는데, 그것은 가슴에는 꽃을 꽂고 머리에는 뱀을 이고 있는 여인의 슬픔이 가득 담긴 그림이었다. 시인은 뜨겁게 살아 숨쉬는 꽃밭에서 태어난 세 마리 꽃뱀이 화관을 밀어내고 전신을 휘감은 혼처럼 불의 화신이 되어 향낭을 머금은 장면을 묘사하면서, 그렇게 하얀 강에 일렁이는 꽃바람 문신처럼 천경자 화백이 돌팔매질 빗발치던 밤을 뒤로 하고 다시 태어나는 순간을 바라보고 있다. 시인은 천경자 화

백의 별세 이후 「사랑이 떠나가다 – 꽃의 여인 잠들다」
라는 작품에서 "삶을 치열하게 승화한 그녀의 강"을 바
라보고 "섬뜩한 순간 너머 원초적 에너지로" 살아온 "내
일도 식지 않을 그 강열했던 불씨"를 애도한 바 있기도
하다. 박수근의 작품을 통해서는 "환하게 웃을 살갗에
운韻을 돋우는 시냇가"(「봄을 접하다 – '박수근의 빨래
터'」)를 만나기도 했던 그는, 그렇게 시인이자 화백으로
서의 뜨겁고 아름다운 예술혼을 통해 예술가들과의 연
대감을 표명한 것이다. 어쩌면 그는 "배움이란/삶의 기
본을/뒤따라 한다는 것"(「무게라는 것」)임을 알고 그 선
행 모델들을 따라 걷는 자신의 길을 지극히 사랑한 것인
지도 모른다.

결국 김정해 시인은 '한옥'이나 '천경자의 그림'에서
예술의 미를 발견하고 찾아낸다. 그에게 '예술'이란 일
차적으로 삶을 담아가는 거울 역할로 다가오지만, 이렇
게 개성적인 사유와 감각이 빚어낸 상상적 실체이기도
하다. 또한 자기 탐구 과정을 충족시키면서도 타자들로
아득하게 번져나가는 파동으로 존재하기도 한다. 그것
은 어느새 '시'로도 퍼져 가는데, 가령 그에게 '시'란 자
기로의 회귀와 타자로의 열림을 동시에 가능하게 하면
서 순간과 영원, 안착과 유동을 던져주는 예술적 형식이
된다. 이렇게 항구적으로 기억되어갈 예술의 미를 통해
시인은 '시'가 자기 탐구라는 심미적 욕망과 불가분의

관계에 있으며 타자들에게 새로운 미적 경험을 부여해
가는 양식임을 적극 실천해가는 것이다.

4. 탁월한 예술적 감각과 인생론적 사유의 정형 미학

그동안 우리가 시조 양식의 본령을 형식에서의 정형
적 기율과 내용에서의 고전적 주제에 두어온 관행은 전
혀 낯설지 않다. 그러나 최근으로 올수록 시인 개인의
내면적 경험을 옹호하면서 선험적 율격과 전통 시상의
완결성을 넘어서려는 예외적 열정이 나타나기도 하였
다. 김정해 시인은 이러한 현대적 변형 충동보다는, 시
조의 근간인 정형성을 묵수하면서 시조가 다루는 내용
을 현대성으로 구현해가는 특성을 보인다. 그럼으로써
삶의 비의(秘義)를 탐구하고 나아가 새로운 결단과 다
짐의 역정(歷程)으로 노래하고 있다. 그 점에서 김정해
의 시조는, 형식의 과도한 파격을 근원에서부터 허락하
지 않으면서, 현대성의 정신과 미의식을 추구해마지 않
는 세계라 할 것이다. 이러한 틀 안에서 시인은 삶의 궁
극적 원형에 대한 탐색 의지를 멈추지 않으면서, 우리가
현실 속에서는 가닿을 수 없다고 생각하는 순수 세계를
복원하기도 한다. 나아가 그 세계를 온몸의 직접성으로
겪었던 시간에 대한 기억을 충실하게 지켜간다. 이때 기
억이란 존재론적 동일성에 의해 구축되는 언어의 한 원

리로 등극하지만, 그가 실제 삶에서 느끼고 경험하고 해석해가는 과정에서 사물 이면에 존재하는 시간의 파동을 포착한 결과이기도 할 것이다. 김정해 시인이 그러한 작업을 수행하고 있는 공간은 감각적 현존이 빛을 뿌리는 일상의 세계이자 가장 뜨거운 예술의 세계이다.

오 누가 불을 지펴
층층 구곡 다 태우나
오르고 닿는 곳마다 열반제가 한창이네
천지가 한통속이라 자욱하다 검붉다

세간은 참 얄궂다 울음을 웃음이래
오늘 우리 이별의 이쯤 황홀한 배웅이다
바람이 실어온 풍경風磬 가슴에 매단 사람들

다시 설 기약으로 잎이 지고 혼은 피나
울림이 연緣이 되는 천년 고찰 쇠북 소리
아미타 무량광불이 빨갛게 익어 쌓은 공
–「계룡갑사」 전문

시인은 '계룡갑사'라는 구체적 공간에서 신성하고도 그윽한 "길고 긴/묵언의 시간"(「바이온 사원」)을 한껏 느끼고 있다. 계룡산 옆을 흐르는 계곡에 뛰어난 경관으로 있는 구곡(九曲)에서 "누가 불을 지펴" 층층을 다 태우는가 하고 감탄하고 있다. 그곳에서는 열반제가 한창인데, 말하자면 시인은 천지가 한통속이 되어 자욱한 검붉은 색채로 이울어가는 한 시절을 바라보고 있는 것이다. 한 시절에 대한 "황홀한 배웅"을 통해 시인은 잎이 지고 혼은 피어오르는 역설의 순간에 "울림이 연緣이 되는 천년 고찰 쇠북 소리"를 듣고 "무량광불이 빨갛게 익어 쌓은 공"을 느낀다. "세상이 수런수런"(「사월에 든 우리 – 불곡산」)한 것을 넘어, "홍적세로/내린 시간은/꿋꿋한 자존의 힘"(「독도는 꽃이다」)을 하염없이 깨닫고 있는 것이다. 그렇게 김정해 시인은 오랜 시간의 깊이 속에서 삶의 무한 긍정을 배워가고 있다.

환생하는 꽃나비가
살금살금 운을 펼 때
혼 줄을 쥐락펴락 심술보 바람에도
행간을 다독여 피운 하얀 불씨 살갑다

화염이듯 운명이듯 딱 삼일 날밤 지새다
이별을 예감 못한 정 지독한 저 백목련
어둠을 사위어 먹고 천공을 흔든 사랑

눈뜨자

시공엔 얼룩

마법의 쓴 입맞춤

빛바랜 그들의 노래 상념에 손 흔들다

아 눈물 배인 장삼은 만장 되어 펄럭이다

  –「사흘이 백날이듯」 전문

  시인이 궁극적으로 가닿는 정신적 고처(高處)는 환생하는 꽃나비가 운을 펴면서 "행간을 다독여 피운 하얀 불씨" 같은 것이다. 그것은 "화염이듯 운명이듯" 밤을 새우다가 "어둠을 사위어 먹고 천공을 흔든 사랑"이기도 하다. 그 사랑의 주인공인 백목련의 "마법의 쓴 입맞춤"에서도 시인은 "빛바랜 그들의 노래"를 듣고 있다. 그 '운'과 '불씨'와 '노래'는 바로 시인이 써가는 '시'로 은유될 수 있다. 사흘이 백날이듯 피었다가 지는 백목련의 생태에도 불구하고, 시인은 그 안에서 오래도록 눈물 배인 사랑과 상념의 시간을 바라보는 것이다. 그 언어적 표현이 바로 '시'가 아니겠는가. 그렇게 김정해 시인은 "긍정은/나의 힘이고/길"(「멀고 깊은 눈」)이라고 생각하면서 자신의 시인으로서의 길을 간다. "과하지 않은 천성"(「물의 철학」)으로 가끔씩 "처연함에 젖는 날"(「어제인 듯이 오늘」)이 있지만, "사랑을 흔드는 바람"(「백일홍, 백일 홍」)으로 "열망의 획 경계 없이 저어온 길"(「인

129

사동 고방 안 그가」)에 대한 자긍(自矜)을 키워가는 것이다. 그 자긍으로 시인은 "밤새며 지우다 다시 쓴 시가 걸어"(「바람의 흔적」)오는 순간을 또한 맞을 것이다.

이처럼 김정해 시인은 '삶'과 '시'의 비의에 대한 동시적 깨달음을 통해, 내면을 직접 토로하는 것이 아니라 대상을 시의 표면으로 불러들여 그것들로 하여금 발화 주체가 되게끔 하는 아름다운 시조를 써간다. 그 안에는 생명의 아름다움과 그것을 가장 근원적인 존재 차원으로 끌어올리는 시인의 의지와 상상력이 담겨 있다. 또한 그것은 인간 욕망이 닿지 않은 순수 원형을 만나려 하는 시인 나름의 제의(祭儀) 과정이기도 할 것이다. 천천히 사라져가고 있지만 그 사라짐의 눈부심으로 역설적 빛을 뿌리는 것들이 그 안에서 농울치고 있다.

애커먼(D. Ackerman)은 「감각의 박물학」이라는 책에서 감각이 자아와 세계에 놓여 있는 창(窓)이며 자아는 바로 그 창을 통해 세계를 만나고 바라보게 된다고 하였다. 김정해 시인에게도 '감각'이란 결핍에 시달리는 자아와 부재로 얼룩진 세계 사이를 이어주는 중요하고 구체적인 창으로 기능한다. 그만큼 시인은 다양한 감각을 통해 자신의 원체험을 부단하게 발견하고 풀어놓는다. 이때 그의 언어는 오랜 기억 속에 머무르면서 지속적으로 새로운 감각을 생성해낸다. 결국 김정해 시인의 이번 시조집은 이러한 자기 확인의 절실한 감각과 그것을 세상에 내놓는 두려움을 함께 담고 있다 할 것이다.

물론 그의 시세계가 단순한 도취적 몽환에만 머물렀다면, 우리는 그의 시조를 통해 하나의 완결된 세계를 만나기는 어려웠을 것이다. 그러나 김정해의 시조는 고유한 개인적 경험으로부터 발원하면서도 근원적 세계와 소통하려는 열망을 견지함으로써 우리로 하여금 더 원초적이고 궁극적인 세계와 소통하게끔 하는 과정을 가져다준다. 우리는 그의 시조가 수행하는 이러한 기억과 성찰과 고백의 원리를 따라 삶의 근원에 대한 경험을 정성껏 치러갈 수 있는 것이다. 그는 이러한 과정을 격정적 목소리로 외치지 않고, 탄탄하고 심미적인 상상력으로 나직하게 표현한다. 앞으로도 김정해의 시조는 이처럼 예술적 상상력과 삶의 감각이 어울려 빚은 정형 미학을 바탕으로 하면서, 근원을 갈망하는 상상력을 통해 더욱 수일한 사유로 나아갈 것이다. 그래서 우리는 시인이 그렇게 더욱 원숙한 정형 미학을 개척해가기를 마음 깊이 희원해보는 것이다.

봄을 초대하다

김정해 현대시조집

초판 1쇄 인쇄일 · 2021년 04월 10일
초판 1쇄 발행일 · 2021년 04월 20일

지은이 ㅣ 김정해
펴낸이 ㅣ 노정자
펴낸곳 ㅣ 도서출판 고요아침
마케팅 ㅣ 심규태 정숙희
편집부 ㅣ 김남규 이양구
편　집 ㅣ 송지훈
인　쇄 ㅣ 상지사

출판등록 2002년 8월 1일 제 1-3094호
120-814 서울시 서대문구 중가로29길 12-27 102호
전　화 ㅣ 02-302-3194~5
팩　스 ㅣ 02-302-3198
E-mail ㅣ goyoachim@hanmail.net

ISBN 979-11-6724-001-9(03810)